뒤돌아보는 사람은 모두 지나온 사람

이돈형

시인의 말

202001291505
그 끝이 덤덤하게 걸어가고 있다

있어서 없음이 있고 없어서 있음이 있으니
있고 없음의 뒤에 숨어도 되겠다

한 말과 할 말이 가벼워지게 나를 흘려야겠다

2020년 7월
이돈형

뒤돌아보는 사람은 모두 지나온 사람

차례

1부 배낭을 열고 빗소리를 찾았다

2부 신은 우리의 침 묻은 손아귀에 있었으나

3부 나는 네 영혼과 하룻밤 잤다

4부 오늘이 체하기 전 한술 뜨자

해설

1부

배낭을 열고 빗소리를 찾았다

경청

가을을 데려다 며칠 살고 싶다

안부가 닿지 않는 곳으로 데려가 며칠 지내고 싶다

가을을 데려가면 사람들이 뭐라 하겠지만 데려다 발톱도 깎아 주고 손때 묻은 얼굴도 씻기다 보면

말개져서

들여다본 내가 얼른 가을이 될 것 같아서

가벼움의 늙음에 대해 입 아프게 떠들다 가을을 더듬어 보는 죄나 지어야겠다

죄를 지었으니 성자와 성부의 이름을 빌어 회개하다 내게 남은 막간이 없음을 알았을 때

가을 엉덩이 한 번 더 두드리고 땅의 기도 소리나 엿들

어야겠다

　그 소리에 나는 부끄러워져 가을 머리카락을 따다 말고 꼭꼭 숨어 가을만 훔쳐보다가

　끝낸 기도처럼 누워

　내 안의 분란은 불태우고 가을의 분란은 내가 거둬야겠다

마지막 날에 민박을 하였다

우리는 물개박수가 지나간 손바닥에 보라색 매발톱 꽃의 저녁을 그리고 있었다

어디선가 덤불 타는 냄새가 말 못 할 반성을 태우는 것처럼 길고 오래가서 허기가 돌았다

달래려는 맘과 달래지는 맘은 흐르는 물에 씻어도 한 뼘의 걸음이 남아 있었다

새들이 부는 휘파람이 수돗가로 모이고 털털거리며 굴러가는 버스의 꽁무니에선 새끼 어둠이 태어났다

왜 밖에만 나오면 멀리 바라보게 되지, 당신의 말이 더 멀리 가고 있어 출발지에는 지나온 날이 쌓여 갔다

소금기 절은 브라를 벗어 찬물에 담그자 브라는 풍만하고 물컹했고 이따금씩 물 밖으로 삐져나와 검은 물감처럼 풀어졌다

바다에 동전을 던지고 왔으니 잠시 손을 놓아도 속은 훤히 비칠 것이다 당신을 들여다보며 잊을 만한 기분을 나눠 주고 싶었다

평상은 나신처럼 햇빛과 그늘이 번갈아 구부러져도 우리에게 부족한 말이 쏟아져도 소란을 떠난 무늬만 들여다보았다

소낙비를 맞아볼걸, 걸어둔 여름은 또 올 것이다 하룻밤이 오랜 안부를 물어야 할 시간처럼 왔다

저녁을 짓기 위해 당신의 배낭을 열고 빗소리를 찾았다

기일

내 기일을 안다면 그날은 혼술을 하겠다

이승의 내가 술을 따르고 저승의 내가 술을 받으며 어려운 걸음 하였다 무릎을 맞대겠다

내 잔도 네 잔도 아닌 술잔을 놓고 힘들다 말하고 견디라 말하겠다

마주 앉게 된 오늘이 길일이라 너스레를 떨며 한잔 더 드시라 권하고 두 얼굴이 불콰해지겠다

산 척도 죽은 척도 고단하니 산 내가 죽은 내가 되고 죽은 내가 산 내가 되는 일이나 해보자 하겠다

가까스로 만난 우리가 서로 모르는 게 많았다고 끌어안아 보겠다

자정이 지났으니 온 김에 쉬었다 가라 이부자리를 봐

두겠다

오늘은 첨잔이 순조로웠다 하겠다

올바른

한 이불 덮고 한솥밥 먹고 같은 치약을 써도 한사람이 될 순 없지만 속을 비친 당신의 눈 속에 기분을 들였다

낡은 피아노를 조율하듯 끊임없이 익숙함을 빼내며 기거하는 동안 생필품은 닳아 가고

아름다운 이야기는 누군가 질러놓은 불이 타인의 기분으로 활활거리듯 지를 때마다 나는 부스럭거리게 되고

이불을 털다 우리가 기분파거나 구원파라는 걸 알았다

들인 기분이 내가 아닌 것처럼 뭔가를 잘못해 벌 서는 것처럼 말썽을 일으키고

한 이틀 당신의 귀밑에 있다가 살비듬 같은 막막을 담으려 때로는 얼음주머니를 꺼내 왔다

자주 종일이 붓고 애쓰는 일이 감기로 옮아 내가 콱 쏟

아지는 일이 생겨도 기분은 여전히 당신의 기분

　미래를 말하면 미래는 더 먼 미래로 가버리는 것처럼

　기분은 언제나 온전함이 없는 한때 같아 무엇을 생각
하지 않을 때 올바른 기분이 들었다

저항하는 기분

밀려오는 출구와 밀치는 출구를
두 번의 실수와 한 번의 만회를

출구의 어떤 문양도 기억하지 마세요 거기엔 개인적
인 것들로 가득 차 있습니다

밟지 마세요 채우고 치우는 일은 어렵습니다 밟히지
마세요 개인적인 일은 미끄럽습니다

새 옷을 입고 외출할 때마다 실수가 늘고
여러분, 여러분, 여러분, 분명 시크chic한 여러분과 시끄
럽게 구겨지는 옷의 기분 탓에 밟혔습니다 실례가 되지
않아 밟혔습니다
나머지는 스스로 저항이 사라질 때까지 밟아도 될까
요

알지 못한 나로
알아도 할 수 없는 나로

하루아침에 행방이 불분명해진 여러분의 기분으로
밀치는 출구는 변함이 없습니다

한동안 시원한 혼잣말로 나와 여러분을, 연대와 유대
를 구분해 보고 싶은데 태초에 말씀이 있었다죠
나도 모르는 사이

급하게 언급하지 않아도 불행 중 다행인 오늘입니다

인정할 게 많은 나는

주말에 쉬는 나를 너는 수목원으로 오라 했다 생각
이 많을 땐 수목원을 찾는 것도 괜찮다고 하였지만

가는 동안 오래 한 생각과 오래된 생각의 틈을 메우
는 데 바빴다

왜 불렀어?

머리 좀 식히라고

수목원엔 생각이 많은 어른보다 생각이 많은 아이
들이 더 많았다 아이들은 차에서 내리자마자 뛰어다녔
다

부모가 넘어지거나 다칠 수 있다며 아이들을 불렀지
만 어느 아이도 뒤돌아보지 않았다

단순하게 뛰어다녔다

무슨 소릴 해도 들리지 않는 게 생각이라 아이들은 제각각 뛰어다녔다

좋은 게 좋은 거라며 나도 뛰어야 했다 7월의 수목원에서 네가 불러도 되돌아보지 않게 방방

나의 지상에서 껑충껑충

지하실에 내려온 것은 비 때문이다

냄새에 민감하면 바깥이 그리워진다

바깥이라는 말이 지하실 바닥에 떨어진 불빛에 지근
지근 밟힌다

그러는 사이 바깥은 세상 밖으로 밀려나 최소한의 뒷
모습만 보이고 내 어깨는 공기의 힘으로도 흔들린다

누구나 왕년은 있지만
왕년엔 말이야 라고 말하는 순간 쏟아진 물처럼 상실
감이 생겨나고 계단에 미끄러진 내게선 물비린내가 난
다

누구의 부름 없이도 힘껏, 또는 맘껏 쏟아지는 비

들여다볼수록 바깥은 컴컴하다 간혹 지하의 서늘함
을 내다보면 위로는 혼자의 일처럼 다녀간다

낡은 철제 의자를 끌어와 앉힐 수 있는 것을 고민할
겨를도 없이 나는 비를 끌고 비는 나를 끌어 염원이 생겨
나지만

냄새에 민감할수록 바깥은 부적을 뗀 손들로 북적이
고 나는 비의 마지막 에피소드처럼 추방당하고 싶었다

온몸에 비 문신을 새기고 탁본을 뜨기 위해 불을 끄
고 컴컴함을 쏟아붓는다

내가 태어난 어느 날처럼 왕년에 엿들은 나쁜 예감처
럼 그래서 데려가야 할 미안처럼 몸에도 떨어지는 빗방
울이 있다

음성

입은 잦은 망설임으로 더 크게 벌린다

한마디를 하거나 듣게 된다면 내 안의 악마와 여우 이
야기를 하겠지만

여우야, 어디를 가도 줏대 없다는 말에 되돌릴 수 없는
음성이 들리면 뛰쳐나가게 된다

입술이 붓고 침이 말라도 나를 들여다보는 일보다 남
을 들여다보는 일이 잦았다

그때마다 세상 시끄럽지 않게 물고기 음성을 빌려오
고 싶었다

죽을 것 같은 사랑도 끝나면 소리만 들끓는 목마름이
되고 음성은 어금니를 꽉 깨물고 있듯

어느 날 내 몸의 주인이 음성 따라가고 주인 없는 몸이

되어도

　음성 하나로 그를 남겨놓은 사람이 떠올라 내게 빌 것
이다 악마와 친해지려 할 것이다

　남겨진다는 것은 누군가에겐 형벌이 될 수 있어 내 마
지막 음성을 염하고 눈을 뜰 것이다

　나의 행적은 어디서 나를 걸어 잠그고 줏대를 찾고 있
는지 바라볼 것이다

　이마를 탁탁 치며

채찍

몸에 갈겨쓴 생활의 기록들이 지워진 곳에서 피 냄새를 맡는다

자백은 하고 싶었던 말이 아니라 끝까지 버텨야 하는 말이라 피 냄새를 동반한다

나에게 너는 왜 와 있니? 터치, 터치, 너 좀 빌려도 될까

아직 모른 체해야 할 것들이 많다 저물어 흐르는 민낯 같은 그런 거

짝다리 짚고 흘러가려 했지만 쉽게 고이고 말았다 그러니 너 좀 빌려도 될까

죽으면 안 되는 사람처럼 피의 가시에 찔릴 때면 웃어도 된다

목숨 건 일이란 게 알고 보면 식욕 때문이란 걸 깨닫는

순간 웃기는 일이 된다

생활은 걷잡을 수 없었으나 비굴할 수도 없었다

그때마다 어린 것들, 낙원상가 한 귀퉁이 같은 것들, 순한 양 같은 것들, 밑도 끝도 없이 손바닥 안에서 노는 것들이 자백에 들었다

사랑해! 말해 버리면 쿠데타가 일어날 수 있는 내 어린 것들

귀에 못 박힌 나는 그만 없었으면 해

내 자백에 너는 왜 와 있니? 휘둘릴수록 한쪽이 찍혀 나가도 웃기는 일을 즐기는 나였는지 모른다 한동안 금식이 필요한

끈질긴 일

나는 불길함에 그을려 닦아내도 보이지 않는

여전히 나의 천적은 나라서 우연한 저녁과 사투를 벌
이다 천천히 그러나 오랫동안 어둠에 투항하고 있다

불을 데려오지 못하면 어쩌나

너는 견고한 책상에 앉아 미래는 꿈 깬 자의 것이라는
강변을 이면지에 깨알같이 쓰고 있겠지만

나는 미신이 믿을 만했다
흰여우처럼 출몰해 온통 흰에 흰빛으로 뒤덮인 이면
보다는

노동에 깔려 말해 줄 수 있는 게 이 저녁이 악다구니
쓰는 문패 같다는 아비의 억양에 위로받다가

한번 놀란 아비처럼 무서운 가방을 둘러메고 나오는

너에게 이리 온 이리 온 벌린 팔에서 지린내가 난다

불을 데려가지 못하면 어쩌나

끈질긴 일이었지만 너는 상의도 없이 불길함에 타죽
은 것들을 하나씩 들춰보며 지나갔다

나를 빼놓지 않고 지나가 어둠을 삼킬 수 있었다

반성

나는 죽었다

비좁은 방에서 좀생이처럼 굴다 헐렁한 새벽에 끼여
죽었다

날마다 죽겠다는 거짓말을 하며 수많은 거짓말에 파
묻혀 죽었다

잘 가세요 잘 있어요 누구나 흔드는 생의 손 한번 흔들
지 못하고 죽었다

죽고 싶다고 외치다가 죽어도 죽기 싫다고 외치며 죽었
다

두 다리를 흔들며 복, 복, 복 하다가 복에 겨운 줄 모르
고 복스럽게 죽었다

불행한 생을 흉내 내다 다정한 생의 지퍼를 열고 죽었

다

　독설을 내뱉으러 비 내리는 한탄강을 찾아갔다가 독
설에 빠져 죽었다

　육체를 사랑한 여인의 배꼽 위에서 그녀의 위로를 견
디지 못하고 시들어 죽었다

　죽지 않으면 죽을 만큼 살고 싶어질까 봐 미안해 죽었
다

　공짜 좋아하다 공짜로 얻은 죽음이라 좋아 죽었다

　아주 긴 죽음에서 깨어나듯 그렇게 기지개를 켜고 죽
었다

　참 잘했어요! 도장을 꾹꾹 눌러 받고 나는 죽었다

독감

생식기에 점이 있으면 강한 사람이래 당신이 죽 그릇을 치우며 말했다 강한 남자, 강남, 코미디 프로의 한 장면이 떠올랐다 점과 상관없는 구릿빛 근육질과 무엇이든 파헤칠 수 있을 것 같은 힘이 그려졌다 힘의 파편으로 살갗이 시렸다 어디서 그런 말을 삼켰을까? 보이는 것이 전부는 아닐 수도 있어, 죽은 불알 만지듯 툭 내뱉었다 달그락거림이 부족한 생활에서 나오는 소리처럼 들렸다 때론 보이는 것만 믿고 싶을 때도 있는 거야 어느새 당신은 빨래를 개다 말고 늘어진 속옷을 들어 보였다 백수白手에 식은땀이 뱄다 싱거운 겨울 빛으로 당신의 그림자는 싱크대에 걸쳐 있고 찬물에 수건을 적시는 당신에게서 편들어 주는 사소한 점이 보였다 어떻게 숨겨 왔을까 당신의 눈빛을 피해 잠들면 그 사소한 점은 커지겠지 강해지겠지 나의 생활은 2% 부족한 발작, 발작에 발작을 더하면 신열이 났다 오늘은 당신에게 그것을 말해 주고 싶었는데 당신의 신열이 나의 신열보다 뜨거웠다

2부

신은 우리의 침 묻은
손아귀에 있었으나

빈 것을 비우겠다고

새벽안개를 보러 나간 사람들이 보이지 않는다

강을 건너는 일이 어려울 것 같아 강가에서 저쪽 물안개를 보고 오겠다던 사람들을 기다렸다

밤새 죽음의 소리로 철철거리던 강이 새벽녘에는 죽음을 몰아내기 위해 물안개를 피우고 있다

새벽 강은 생이 마렵다

스스로 헤아릴 수 없어 우리를 깨운 물안개 속으로 강에 나선 사람들이 잠긴다

죽음의 실마리를 풀어 본 사람이 생겨날까

강은 강을 건너 흐르지 않고 어제를 견딘 방향으로 흐른다

나는 불현듯 눈을 뜬 새벽처럼 강가의 작은 돌들을 발
로 차고 있다

　빈 것을 비우겠다는 것도 생에 대한 마려움, 강물이 일
렁일 때마다 사람들이 하나둘씩 돌아오고 있다

　나는 품 안의 자식처럼 물안개 걷히는 강가에 서 있다

모르는 것

짓는 웃음이 어딘가 어색해서

어떤 내가 어떤 나에게 그것은 네가 아니야 라고 꾸짖는 것 같아 웃지 않으려 했지만

모르는 것이 약이라는 말에 수긍하는 날이 많아질수록 웃을 일이 없어 편했지만

그것은 힐끗 쳐다본 어제의 내색처럼 나에 대한 섭섭함을 타인의 손에 쥐여주는 일 같았다

잎이 잎에 닿을 수 없어 무성이란 말이 생겨나듯
입이 입에 닿을 수 없어 간절이란 말이 생겨나듯
나는 내게 닿을 수 없어 다행이라는 말을 하였다

자꾸 웃어 보이려 해도 입꼬리만 올라가고 돌의 웃음 같은 까마득한 웃음을 지을 수 없어

망보며 웃는 연습을 하다가 으깨진 돌처럼 풀풀 날리
다 웃음에 신세진 것이 부끄러워지면

　　다 알고 그런 것처럼 시치미를 뗀다

내가 나를 말아먹으면

발등에 불이 떨어져도 불구경하는 게 내 취향이라면

입 안을 헹구다 손 없는 날처럼 개 한 마리 울지 않는
마음의 짐을 싸서 옮겨 놓는다면

얼어붙은 천국에 다녀온 까닭일까

무릎이 꺾일수록 폐허는 따뜻해지고 사랑을 알수록
폐허의 따뜻함을 숭배하게 된다는데

삶이 지병이라 밑져야 본전이라는 말이 자꾸 귀에 들
어와

밑 빠진 놈처럼 사랑이 싫어졌다

바닥난 밑천으로 심장에 손을 얹고 여러 날 선서를 해
보지만 배만 튀어나온다

웃기지, 그러니 휴지 한 장 놓고 가겠니?

보여줄 게 생기면 마음이 감옥이라지 그러니 본전 생각도 나지 않는 건 귀신이 곡할 노릇인가

내가 나를 말아먹으면 천국은 쉽게 녹아내릴까

의도

냉수를 마시고 컵에 어떤 말이 남았는지 들여다보았다 우리는 엎어진 말의 흔적으로 흔들렸다

멀쩡하다는 말이 외모인지 외투인지 묻지 않은 건 속기 위해서였다 속는 것으로 속이게 되었다

컵 안엔 배려할 수 있는 말이 많아도 긴 기도에 쓰이는 말은 없었다

너는 빈 컵을 두 손으로 감싸고 규칙적으로 나에게 물었지만 규칙을 따라가도 규칙적으로 따라가도 멀쩡함이 보이지 않았다

어긋나기 싫어서 따라갔다

심장질환의 원인이 흡연! 이란 문구를 보이며 담배를 피울 때마다 심장을 들여다본다면 먼저 심장마비로 죽을 수도 있을 거란 예를 들었다

주변에서 그런 사람을 본 적 없다는 너를 보면서 나는
빈 컵에 물을 채웠다

물을 채운 건 아무런 의도가 없었다

봄봄봄 하다가

벚나무에 기대 봄을 기다리는 것은 내가 가진 어떤 슬픔보다 구체적이다

어떤 말에도 끄덕이는 사람이 오늘의 논자論者처럼 피는 봄과 지는 봄의 속내는 같을 거라 하였다

그와 점심을 먹으러 간다

시계視界는 멀수록 슬픔의 심장도 유연해지거나 무릎을 꿇는다고, 물음이 없는 어머니의 눈곱 낀 망망茫茫한 눈이 그 눈이라고

흩날려서 아름다운 꽃잎처럼
흩날려서 아름다운 삶이 있다면 그랬다면 그래서 흩날렸다면

봄의 몰락을 모르는 이른 봄나물로 가득한 밥상에 앉아

기댄 봄을 날려도 되겠다고
흩날리는 꽃잎이 내게 무심하듯 사이사이 피고 지는
봄날을 흩날려도 되겠다고

푸릇했던 속내를 들킬까 그와 끄덕이다가
헛봄에 들어 눈을 감았다 뜬다면 그런다면 내게 봄은,

이를테면

싱거움을 어깨너머로 배운다 어깨너머엔 들춰볼 윤달
도 없고 가까운 사람도 없고 내 것이라 여길 만한 올바름
도 없다 산을 오르다 들른 대피소처럼 머물다 가는 믿음
도 상해 있다 믿음도 내 문장이니 싱거움을 배운다 쓸데
없는 일에 손이 많이 가고 쓸모없는 일에 자주 찬물을 들
이켠다 열기구를 타고 올라가면 저 아래 셀 수 없는 끄덕
임이 사소해 보이듯 묶이지 않는 웃음으로 간결해지는
사생활. 누군가는 잘못 배운 탓이라 하지만 탓은 시큼하
고 몸집과 비슷한 배낭 속처럼 스미는 컴컴함이 있어 부
럼을 깨며 나를 타이른다 머리를 쓸어 넘기며 탓할 수 없
는 나는 우문과 현답을 끼고 오늘의 하늘이 하관하는 모
습을 지켜본다 이제는 누군가의 어깨너머에서 양철지붕
두드리는 빗소리도 들리고 새치를 세는 일도 뜸해진다
내 어깨너머엔 하루에도 몇 번씩 되묻던 같은 말들이 쌓
여 간다 이를테면 누구세요 나는? 같은

동자승

붓다가 웃는다

마지못해 동자승이 따라 웃는다

집 마당에 있던 강아지처럼, 신랑각시 할래? 하던 영희
처럼, 골짜기에 흐르던 물처럼, 주지 스님의 빛바랜 승복
처럼 웃는다

품이 커 흘러내린 승복이, 빡빡 민 대갈통에 김 조각처
럼 붙어 있는 검은 점이 부끄러워 동자승은 웃는데

붓다는 찰나에 싯다르타를 본 듯 뒤통수가 가려워 웃
는다

드링크

의견을 내랄 때마다 불려 나가지만
성실한 사람 뒤에서 성실을 준비하는 사람이 되겠다
고만 했다

쉬운 사람이 되기까지 어려움이 많이 뒤따랐다

경쟁의 세계에선 누구도 쉽게 입을 열지 않듯 의견을
낸다는 건 오늘도 지루해질 수 있다는 거

커피 거름망에 물을 붓고 기포를 세거나
나무에 물을 주고 잎사귀의 물방울을 세는 일처럼 성
실을 시시각각 끌어들여도 경쟁을 피할 수가 없었다

하루는 물방울을 세고 하루는 그 물방울을 한데 모아
도 물 한 모금 마실 수 없다는 사실을 알았을 때
기화되는 일이 종종 생겨났다

새 술은 새 부대에 담아야 한다는 말에 흠집을 냈군

요 이를 어쩌죠 흠집을 제거해야겠군요

　성실하게 타당한 의견을 제시한 듯하였다

　가벼워진 맘을 토해내듯 밖으로 나왔을 때 비둘기 떼
가 편의점 주변을 일제히 날아올랐다
　타고난 말이라도 있었으면 오후는 날아다니는 비둘기
를 세며 조금 어렵겠지만 지루했을 것이다

　편의점에 들렀다

　나에 대한 의견을 폭넓게 구하려는 성실함이었다

중환자실 입구

깨진 것으로 깨우친다면 선한 자다

선해진 자를 흔들어 깨워 놓고 잠든 눈동자가 있다 가끔 신뢰할 수 없는 신의 말에 찔리기도 하는

캄캄과 컴컴은 누구에게 떠넘길 수 없는 저항

우리의 소홀함은 덮이고 선해진 자의 후회가 데구루루 굴러가도 또다시 선해지려는 자의 앞

그때마다 손에 쥔 쓸쓸한 세계가 깨지지 않길 바라며 다시 들여다보지만

신은 이르거나 늦는 일이 잦아 스스로에게 무릎을 꿇는다

저 안에선 누가 흔들어 주면 눈을 뜨고 깨진 것이 시간의 뒤쪽이라 말하고 싶겠지만

시간이 출출함으로 오고 마는 것처럼 입구가 닫힌다

슬픔은 뒷문이 없어 선해진 자들을 따라 저 안도 서서히 아물 것이다

그런 마음입니다

손톱이 자라는 것을 어떻게 잊고 있었을까

너는 아버지 아버지라는 말이 말뿐인 아버지 누가 너를 흔들어 깨워도 사생활이 없거나 중력에서 멀어진 아버지 아버지 표정을 짓는 아버지 내가 묻어둔 아버지 그래도 다가오는 아버지

아버지는 흔했다
주유소에서 기름을 넣어 주던 사우나에서 타월을 들고 다가오던 음식점에서 큰소리로 말하던 지하철역 화장실에서 나란히 소변을 보던 아버지는

왜 너는 기어코 아버지가 되었을까
아버지가 되어 나에게는 왜 한 번도 나타나지 않는 것일까

아버지와 나는 닮았겠지
너도 모르게 낳은 아이처럼 누군가의 아버지처럼 닮

왔겠지

　닮아서 아버지의 손톱은 어디까지 자라고 있을까요
깨물거나 물어뜯어 본 적은 있을까요

　아버지 얼굴은 광활해 오늘 아침 반지하 방으로 침입
하던 빛처럼 내 얼굴을 모두 지워 버려 우리는 어디서 만
나도 아무도 모르게 다 같은 아버지처럼 다 같은 자식처
럼 오래 참을 수 있어

　너는 아버지 희미해서 익숙한 아버지 약속 없이 찾아
오는 아버지
　그런 아버지의 손톱 밑은 잘 견디고 있을까요

　나는 그런 마음입니다

위안

오늘이 그날이라서

서점에 들러 몇 권의 위인전을 사들고 돌아오는 동안에도 내 고아들은 생겨났다

위인전을 읽다가 다른 위인전을 읽었고 흘러간 위인전을 읽다가 위인이 위인전을 읽었으나

이제 눈코입이 자라는 고아들이 어깨를 겨루며 위인전을 찾는다

누가 뭐래, 그냥 지내, 그날이 그날인 것처럼

위인이 되고 싶었으나 항간에 의로움은 타 죽는 거라 했고 사람 구실은 군중처럼 무거워 나만의 위인이 되었다

날 없는 날이 생활의 이자처럼 불어 아랫배가 뻐근해지고

새날은 가보는 것이 아니라 하루가 다르게 고아들은
또 생겨나겠지만

식욕과 성욕과 치욕이 예전 같지 않아 위안이 되었다

항간엔 저 위인 좀 보라며 배꼽 잡고 웃어도 나는 위인
전을 읽었고 좀 더 살아야 할 위인이라서

날 새듯 내 고아들을 쏟아낸다 치사한 일이었지만

가려운데

바다를 일러주어야 했다

일러준다고 다 아는 건 아니지만 내가 해야 할 일이
었다

바다는 흔한 사람을 더 흔하게 만들어 휴지休止 같
은 마음으로

그 마음이 우는 소릴 한 번도 들어본 적 없다면 마음
에도 두 줄을 긋고 와야 하는

여기가 바다다

아무렇지 않아 아무도 울 수 없는 바다다

찾아오는 사람마다 뒷일처럼 등대를 하나씩 세우려
하지만 뒷이야기가 먼저 절규로 들려오는

왜 하필 뒷이야기는 남의 말처럼 잘 들릴까

여기가 그런 바다다

스스로에게 반말하듯 다녀가는 수없이 많은 바다

너는 걷다가 가슴을 오므리며 뭔가를 뚝뚝 떨어뜨리다 그걸 다시 받아들고 흔한 절망이 엎어지면 코 닿을 곳이라 나의 발등을 밟기도 하였다

나의 뒷이야기도 가려운데

만화방

생활의 달인이 많고 쨍하고 해 뜰 날도 많지만

심심함의 달인이 되는 것은 오늘의 감옥을 탈출하는 일

우리는 전진하고 또 전진한다

어제의 주인공이 어제의 악당을 물리쳐 오늘이 신물 나거나 텅 비어 낮잠 자기 좋지만

잠은 달인의 적

꿈 깬 자 오래도록 앉아 있어라

심심함의 달인이 될수록 어제가 신기하거나 신神의 일 같아도

오늘에 할 일은 오늘의 악당을 물리치는 일

누군가 한 악당을 물리치고 오늘을 탈옥하는 순간 나의 악당도 새 발의 피가 되어

우리는 줄줄이 탈옥한다

신은 우리의 침 묻은 손아귀에 있었으나 신나는 심심함이었으나 악당은 죽었다 다시 살아나는 불사조

내일의 악당은 내일 물리치러 간다

3부

나는 네 영혼과 하룻밤 잤다

문턱

네 영혼과 하룻밤 잤다

불빛을 죽이고 나서야 우리가 양 떼처럼 하얗게 몰려
다니며 저지른 실패한 혁명들이 보였다

그러니까 쿵쿵거리는 심장 소리가 검게 그을린 노래
가 눈을 뜨지 않고도 사방을 돌아다니며 피를 뿌리는 것
이다

네가 사랑한 날엔 내가 없었고 내가 사랑한 날엔 네가
없었으니 실패는 끝나지 않은 것이다 그런 밤에

내 영혼은 한겨울 폭설 위를 뒹굴다 빗나간 생애처럼
손바닥을 비비다 눈앞에서 사라진 소도시의 거룩한 밤
에 갇혀 있고

뜨거운 피가 식은 피에 가닿는 것이 추억인 것처럼 나
는 네 영혼을 핥으며 뜨거운 몸을 식힌다

이불을 끌어 덮으며 네 영혼이 달아오르길, 오늘이 가고 내일이 가도 실패한 혁명이 끝나지 않길, 이 컴컴한 방의 문턱에 걸려 넘어지길

나는 네 영혼과 하룻밤 잤다

선약

길고 지루한 폭염이었다

조조영화를 보러 갈 생각이었는데 입천장이 데인 것처럼 감정이 너덜거린다

찬물에 손수건을 적시며 해도 그만인 일과 안 해도 그만인 일의 목록을 뒤적였지만 다 더딘 일들이었다

손을 놓기가 쉬웠다

이를 악물어도 폭염은 지루하게 죽은 감정을 가둬 둘 것이다 검고 긴 기름띠를 두른 안식처처럼

담장 밑 수국은 스무 날이 되어도 흰색이었다

무너지는 것이 소원이 될 수 있겠냐 물어도 담장은 비웃지 않을 것이다 차라리 무너지려 할 것이다 간단한 일처럼

스무 날을 기억한 건 커플 백팩을 메고 나간 너의 뒷모
습을 보지 못하고 흰 수국만 보았기 때문이다 그날

신발을 꺾어 신고 나갔지만 수국을 보아서 반짝였던
기억이 있다

오늘은 수국의 잎사귀를 만지며 믿었던 사람이 믿을
수 있는 사람이 될 때까지 흰색이길 바랐다

백팩에 넣어둔 선크림을 다 쓰고도 너는 더디 올 것이
다

할 말이 많아서 다른 사람과 약속을 잡았을 때 손끝
에 닿았던 잎사귀들은 일제히 출렁거렸다

Clear

버스정류장에 서 있었다

나 좀 봐 주세요 다음 정류장까지 가려면 어떤 감옥
을 빠져나와야 하나 어디를 바라보다가 팔짱을 풀어야
하나

Happy New Year!

대체 무슨 상관이람

달라지는 건 여기에 서 있었다는 것뿐인데 어떤
Happy에 복종하라는 걸까

버스를 타는 순간 일 년은 정류장에도 없을 것이다 기
다리는 걸 대체할 수 없는 일정 때문에

Clear

맞은편 꽃가게에서 취미로 시작한 일이 생활이 된 여
자가 꽃을 가위질하고 있다

꽃들아 Happy New Year! 아니지 Good Bye가 낫겠다
사는 게 지옥이란 걸 내가 들으면 안 되는 거잖아

아름다운 꽃이었으니 오늘은 바른 생활을 접고 취미
로 생활을 해 봐 가위눌릴 일은 없을 거야

생활자들이 버스에 오르고 나서야 나는 인형 뽑기가
생각났다 황금색 돼지 인형을 뽑으러 가야겠다

취미로 하는 생활은 Happy New Year가 아니라 Clear!
다음 정류장에서 내리기로 하였다

나를 철거한 자리에 다수가 앉아 있다

꿈을 꾸었지
나는 쉽게 죽었어 젊은 나이였는데 한순간에 죽었어
그렇다고 누군가가 죽인 건 아니야 짧은 꿈이라서 그들
은 살릴 수 없었겠지 깨면서 칼같이 사라져버린

그래 칼같다 했지 용기를 다룰 줄 모르는데 칼같다니
어쩐지 자꾸 들다 보니 한구석이 진짜 칼이 되더군

근데 쓸데없이 끄집어내서 어디에 쓸 거냐고?

칼은 줄줄이 흘러내리는 뒷모습이었지 뒷목을 잡고
거침없이 휘두르다 와장창 깨지는 내게서 떠나려는 캠핑
카 같은 캠핑카에 걸린 백기 같은

베었다 싶었는데 베이고 베였다 싶었는데 벤 자가 없
는 칼을 가지고 놀아본 적 있나

베면서 다수는 캐럴을 불렀고

베이면서 나는 독백을 하였지

칼끝에 다수의 입술이 포개지면 한편에서 한 편이 사
라질까

꿈같은 얘길 하다 보니 칼집 깊숙한 곳에서 환청이 들
려오네

실종된 칼의 입장을 찾습니다 꼭 사례하겠습니다

나를 철거한 자리에 다수가 둘러앉아 다 함께 캐럴을
부르네

파장

　일이 끝나도 끝나지 않은 일로 고요한 상자처럼 남아
있다
　쌓여 있는 물건을 거두며 스스로 허리를 꺾듯 서둘러
격려하듯 하루를 트럭 위에 싣는다
　네게서 흩어진 저녁이 입을 오므린다

　어디까지 왔니,
　어디까지 왔니,

　온종일 밀린 기분으로 걸음이 빨라지는 너는
　사람들이 휘저어놓은 일렬횡대의 짧은 곡선을 휘잡
아 일시에 내일로 보내는 너는

　아득해도 파장

　입에 물려 있던 벌판처럼 펼쳐놓았던 바닥을 쓸며 휩
쓸려 가는 입을 식힌다
　예감이 사라진 짐칸의 노끈처럼 '언젠가'로 채워진 바

닥은 영문도 모른 채 이쪽에서 어둠과 뒤섞이고

이동하는 저녁은 불빛이 없다
씻기듯 씻어내도 흔한 어둠과는 다투지 않는 사람처
럼 시동을 걸고 있는 너는

어디까지 가니,
어디까지 가니,

believe

believe는 발음이 좋다
내가 좋아할 때 누군가 같이 좋아한다면 believe

코코넛을 따러 간 흑인 소년에게 5달러를 주었다
검고 두툼한 입술과 때때로 기분을 가릴 수 있는 이마
를 가진 소년이었다

벤치에 앉아 있어 기다림이 되었다

검은 등에 검은 태양이 새겨진 사람들이 해변을 걷고
있다
등과 태양은 떨어지지 않고 등 뒤의 등은 저마다의 신
념으로 검게 빛났다

그러니까 나는
이국의 해변에서 누구도 말해 주지 않는 등의 기분을
헤아리며 소년을 기다리고 있었다

등에 미안은 있었는지
미안에 빠진 예감은 사라졌는지

등이 저리고 기다림은 소년인지 코코넛인지 깜빡 졸
은 듯한데

believe는 발음이 좋다
내가 기다릴 때 졸음 같은 것이 같이 기다려 준다면
believe

혓바닥을 내밀면 주르르 흐르는 코코넛을 들고 뛰어
오는 소년을 본 것 같다

검은 등을 본 것 같다

의견

　죽음을 꿈꾼다는 말에 바른 생활을 핑계로 나온 거리
는 모두가 유혹이 빠진 윤곽만 남아 있다

　꿈꿔 본 적 있니,

　피부로 느낄 수 있는 말을 들었을 때 지낼 수 있는 힘이
생긴다는데

　흔하게 다닌 길을 물었던 건 당신에게 관심이 있어서였
다 지낼 힘 따윈 관심이 없었다

　많은 것이 흔해서 길은 나를 모를 것이다 나도 나를 모
르고 싶어 할 때가 있다 오늘처럼 연약한 꿈을 꾼 날엔

　길이 좁아질수록 끌리는 고립을 만끽하며 걸었다

　너와 입 맞추면 같은 꿈을 꿀 수 있을까 마음의 일부를
씻게 된다면 한 번쯤 입을 맞춰 보고 싶었다 같은 말을 할

수 있는지

　모르는 게 약일 수 있다지만 모르고 지내는 게 더 어
려울 때가 있다

　꿈이 투명했다면 당신은 나의 허벅지를 베고 누워 귓
속을 파 달라고 했을 것이다 세상의 모든 속삭임이 사라
질 때까지

　꿈꿔 본 적 있니,

　그 말에 지나온 당신을 닮기 위해 입 맞출 때까지 속
수무책이었으면 했다

이상한 버릇

폭우는 그랬다 면도하지 않는 손으로도 나다니게

힐끗거리는 사람을 보면 나다닌 전신의 한나절이 사
라지고 그의 어깨를 빌려 쓸려가는 대화를 나누고 싶었
다
다치지 않는 유년에 대해
동화처럼 뻔한 이야기는 집어치우고 생각할수록 이끼
끼는 유년에 대해

스투키*를 사러 폭우 속을 걸었다
쏟아지는 빗방울이 수염에 베이고 유년기는 미끄러웠
다 반성문을 큰 소리로 읽던 기억이 났다

메모지에 적은 스투키는 젖고 얼룩져 마른 몸에서 미
열이 돌았다
그래도 스투키 스투키 하며 폭우 속을 걸었다 천천히
고개를 끄덕이게 되었다

빨간 캡슐을 씌워놓은 스투키를 보며 여름 산타를 떠올렸고 멀리서 뜨거움의 포자를 눈치챌까 환하게 젖어들었다

키울 수 있는 내가 있다면 폭우는 가끔, 아주 가끔 쏟아져도 되는데
스투키를 들고 나오며 나는 그랬다 가끔은 아무도 모르게 쏟아지는 나를 피해 나다니길

.

* 산세베리아의 한 종류. 공기 정화 식물로 알려짐.

물때

선의의 거짓말이 우리를 조금 편히 두게 한다면 그 말
로 네 말과 다르게 내 말이 어디든 가서 기대도 된다면

내일이 조금이고 모레가 무시라서
낚시하기에 좋지 않은 물때인데 그래도 갈 거야?

응,

가 봐야 아는 일은 감추지 않아도 되는 가벼움이 있
다 내가 한 선의의 거짓말처럼

낚시 가방을 챙길 때는 녘에 기댄 날이다

풀어 놓은 맘을 거둘 녘이거나 그 글귀가 떨어져 내 기
슭에 닿을 녘이거나 생의 낯설음에 보호색을 입히고 한
동안 길렀던 머리카락을 자를 녘이거나 해거름에 바라
본 민달팽이의 검은 점들이 짙어 보이는 녘이거나

어쩌면 이 모든 장면을 깨끗이 지운 녘인지도 모른다

바다는 어떤 녘도 유순하게 받고 선의의 거짓말도 가볍게 빠뜨릴 것 같아
조금 때는 들고 난 맘이 같아질 때라서 아무렇지 않게 되돌아오게 할 것 같아

첫사랑은 다른 남자와 조금만 살아보겠다고 가고 나는 다른 여자와 조금 더 살아보겠다고 했던 것처럼

조금은
멀리 가지도 못하고
가까이 데려오지도 못하는 때라서

너에게 조금의 물때여도 내일은 괜찮을 거라는 선의의 거짓말을 한다

헤이 헤이 헤이

헤이 친구, 문상 가자
오늘의 부고는 우릴 모이게 하지

엊그제 문상 다녀온 옷으로 갈아입고 가자 영정사진
은 따뜻하지 아, 저런 분이구나 고인과 첫 대면을 하고 맞
절을 하며 상주의 슬픔이 물밀듯 밀려오길 바라는 맘으
로 고인과 마지막 인사를 나누자

손을 놓고 온 사람들의 눈빛은 엇비슷해지고 죽음의
문턱을 들여다보는 나를 엇박자처럼 부르는
헤이 친구

고인의 삶을 귀동냥하듯 들으며 부고는 지나가고 국
에 밥 한 그릇 말아 먹었으니 우리의 문상도 끝나가는
헤이 친구

말똥 같은 완자함과 말라 가는 수육을 남겨놓고 영靈
은 나서겠지만 어딘가로 나서겠지만

시간이 시간을 두고 가면 영영 돌아오지 않고
슬픔이 슬픔을 두고 가면 영영 뒤돌아보지 않는다니

상주가 내 상주인 것처럼 우리의 상주인 것처럼 등 한
번 두드리고 나가자

우리의 부고는 한 귀로 듣고 한 귀로 흘릴 수 있는 그
런 부고가 될 수 있을까

헤이 친구, 문상 가자

작명

　손가락으로 책 겉표지를 툭툭 치며 갓난아이의 이름을 짓는다

　책 표지에 흰 원이 그려진 스카프를 두르고 블라우스 위로 감색 재킷을 입고 손가락에 맨홀처럼 검은 반지를 낀 여인이 있다

　갓난아이는 아직 잠의 세계에 가 있을 것이다 눈을 뜨면 벽에 걸린 얼굴과 코앞의 얼굴이 겹치면서 혼돈에 빠질 것이다

　어떤 사람이 될래? 묻기도 전에 둥글게 포갠 잠을 끌어당기며 힘껏 젖을 빠는 시늉을 할 것이다 젖을 빨며 원圓을 원하는지도 모른다

　표지의 여인은 수많은 문장을 메고도 말씀 하나 빠진 얼굴이다 붉은 립스틱이 번질까 꼭 다문 입이다 미美에서 미未에 이르기까지 머리를 툭툭 치며 능能의 징후를

지워 간 느낌이다

　여인의 이름은 무얼까 불러 보면 한여름 밤의 추억이
쏟아질까 이루지 못한 사랑이 쏟아질까
　이제는 이름 가까이 가닿았을까

　어떤 능能을 살펴봐도 여인의 침묵을 두드려도 맨홀
속 같아 갓 태어난 아인雅人이면 되겠다

둘러메면 응시가 되는

나는 청취자입니다
꽃보다 큰 나비 그림을 바라보며 자전거 시계에 앉아
있는 청취자입니다

잘 듣고 있습니다
듣다 보면 어디서 들었던 이야기 같은 이야기를 듣다
보면 내가 했던 이야기 같은 이야기를

그러니까 잘 듣고 있습니다

청취자인 나는
나비보다 큰 꽃이 말하는 소소한 시위를
꽃보다 작은 나비가 말하는 일상의 공공연한 비밀을
다 말할 수는 없습니다만

둘러메면 응시가 되는 나는 청취자입니다

4부

오늘이 체하기 전 한술 뜨자

한파

강기슭은 누가 버리고 간 회의처럼 얼음에 닿아 있다

언 강은 폐쇄된 활주로, 수면을 문질러 술렁거리게 하였다

할 수 없는 일은 스스로에게 우호적이다

언 강에 갇힌 물오리는 할 수 없는 일, 그 일에서 벗어나려 한다

아마 환기되지 않는 절망이 죽은 회의가 물오리의 목일 것이다

길들여지고 품는 일에 몰두하다 보면 횡단하려는 세계를 늦게 깨우칠 때가 있다

내일 봐요, 이처럼 쉬운 이별을 물오리는 1인 시위하듯 술렁임 밖으로 밀어낸다

걱정하는 사람들이 눈발처럼 날리고 남겨진 풍경이 빠르게 얼어 갔다

조심히 다녀와, 이 흔한 말은 언제나 물 건너간 기슭에서 반질거린다

길들여지기 좋은 날이다

멍

　개를 데리러 갔다 기침이 나고 콧물이 흘러도 뛰어
갔다

　개 가까이는 오래도록 살펴야 보이는 흘림이 있고 멀
리서 뛰어오는 내 상像은 운이 좋았다

　말로 말아먹는 일이 잦아 길게 늘어진 혓바닥이 제
버릇처럼 끌려와

　개는 저무는 개소리처럼 나는 어두운 말귀에 익숙
한 개자식처럼 쏟아낸 말 밖에서

　멍

　들어설 것 없는 맘을 부비며 함께 낼 수 있는 유일하
고 순종적인 소리를 냈다

　지금껏 뱉어낸 말들이 한순간 일렁이고 주고받은 말

의 반복이 가라앉고 있다

얌전히 앉아 앞발을 내밀자

들으려 해도 들리지 않던 세상의 모든 말들이 우리의
발 앞에 엎드려 멍해진다

성실히 짓고 싶었으나 성실히 짖어서

멍

어딘가를 오래 걸려 되돌아온 말에는 개뿔처럼 단단
함이 있다

첨탑

높은 하늘이 보인다 높은 보다 새파란 하늘이 보인다 새파란 보다 해일이 이는 하늘이 보인다

고통을 즐기는 사람도 있을까? 한 움큼의 머리카락을 쥐고 어떤 고통을 삼키다 스스로를 품에 안고 토닥이는 사람이 있을까

누군가의 정원을 맨발로 밟는다 척박함을 잊어 가며 웃는 일처럼 모든 바깥은 바닥에 깔린 새파란 것에 고개를 숙인다 열리는 귀에 녹색의 소리가 들리니 너는,

너나없는 직립으로, 타일처럼 깔리는 우리의 맨발에는 무수한 신의 이름이 새겨져 있다 우리가 죽을힘을 다해 올려다본 하늘이 잔인한 것처럼

흘러내리는 하늘이 있다 흘러내리면서 골몰하는 하늘이 있다 골몰하면서 찢어지는 하늘이 있다

땅에 닿은 하늘은 아마도 하반신이 가려진 영혼이거
나 입버릇처럼 그 속을 알 수 없는 세계의 간지러운 입일
것이다

누가 처음 첨탑을 보았을까

밥상머리

조금만 기다려 줄래 밑을 닦듯 그릇을 비울 때까지

국을 끓이던 손이 식어가 입 큰 것들을 탓하면서 서로
의 손을 쳐다보게 된다

국그릇을 오른쪽으로 옮길 때마다 옳고 그름을 옮기
는 것 같아 서로를 바라보게 된다

화목의 아침이 옳고 그름 없는 전라의 몸으로 창에 붙
어 있지만

부끄러움은 누가 들여다보지 않아도 스스로 손 타는
거라 저 화목의 아침이 말해 주지 않아도 안다

숟가락질과 젓가락질처럼 우리의 질은 여기가 좋다
는 뜻이니 밥상머리에서 밥심이나 말하자

화목의 아침아, 입을 벌리고 뱃구레에 힘을 주고 우리

의 부끄러움을 들여다봐 주길

밥상머리는 반성의 시간이 아니라고, 우리의 질은 좀
더 머물기 위한 절규라고 말해 주길

그러니 오늘이 체하기 전 그냥 한술 뜨자

앰뷸런스

아침은 어디서 오는가

앰뷸런스는 공릉터널로 들어섰다 빠져나가는 동안 몇 마디의 대화 속에서 아침이 녹아내렸다

대화는 듣는 것보다 하려는 의지가 강해 강동대교를 건널 땐 강물마저 출렁거렸다

서울의 새들은 창공을 창공이라 부르지 않고 상공이라 부를 것 같은 추측이 맞았는지 나는 새들을 보지 못했다

누군가는 삐뽀 삐뽀라 하고 누군가는 비켜 비켜라 했던 기억이 떠올라 따라해 보았다

미안 미안

동서울톨게이트를 빠져 나오는 동안 당신은 덜컹거렸

고 당신의 창공은 옳았다

새는 길처럼 나는 새처럼

　숲속에 새가 있어 이름을 외지 못한 새가 새라 불리는 새가 숲으로 들어서는 사이 까막까막 나를 잊고 있어 불편해 불평등해 가득해야지 휩쓸려야지 검은 하늘로 지나간 사람이 없어 기억하기 싫은 일처럼 숨겨진 하늘이 다행이라고 소리 없이 진열된 새소리가 들려 새나가는 소리가 들려 마음의 준비를 해야지 말없이 새소리를 외워 말수가 적은 아이처럼 희망을 말해 희망을 노래해 같이 불러 주세요 더 깊은 숲으로 날아가는 새가 있어 숲속엔 내가 있어

　숲속에 되돌아온 말이 있어 잦은 말이 있어 사라지면 태어나는 말이 있어 말을 데려가는 소소한 길이 있어 진동을 지배하는 뱀처럼 늘어나는 불행에 대해 말하지 않는 길이 있어 누구를 데려와도 저항하는 길이 있어 뱀에게 사악하다고 말한 옛사람이 있어 말이 뱀처럼 움직여 밟고 지나가서 밟혀 지나가서 잡히지 않는 말이 있어 숲은 사적인 눈 비밀스러운 목소리 누구나의 기분 기억해 낸 일처럼 말이 미약하게 풀리는 길이 있어 어떤 말을 가

리키던 시간이 사라지고 부활하는 길이 있어 눈길을 지
우고 움직이는 숲을 보았어 숲이 더 깊은 숲으로 날아가
고 날아간 숲속 그 자리에 내가 있어

　새는 길처럼 나는 새처럼

관

쓸쓸함의 휴식처 같은 관에 들어 동시에 멀어지는 목덜미마다 입을 맞추고 사랑을 베풀었다

어떤 사랑은 귀를 기울여도 개처럼 짖고 어떤 사랑은 간처럼 빼먹기를 반복해 인사를 나누진 않았다

습관처럼 관에 턱을 괴다 보면 바라보는 천 개의 시선보다 뒤돌아서는 하나의 시선에 말을 걸 수밖에

그때마다 신체의 쓸쓸함에 대해선 탐구하지 않기로 하였다 탐구는 관에서 휴식을 빼앗는 일

수많은 일부가 수없는 일부가 될 때까지 누군가 관 속을 들여다보려 한다면 그를 데려다 따뜻한 생사를 덮어주려 할 것이다

관은 씻을 수 없는 세계, 그 구석을 가보면 한 번 스쳐 간 세계가 밖으로 삐져나오기도 하지만

관은 쓸쓸함의 빗장을 열어야 할 오늘의 내가 있어
함구하는 것이다

잘 닫힌 관의 뚜껑을 열면 연기가 있다 뚜껑을 여닫
는 손이 결코 내 손이 아니라서 연기에 익숙해지기로
하였다

청소역靑所驛

청소靑所에 머문다는 것은 내가 보려는 미지의 처마 끝에 머무는 거다

나는 누군가 꽂아놓은 깃발처럼 이를 악물었지만 끝을 향해 나아가는 투사의 깃발은 될 수 없었다

무재해라 쓰인 깃발이 수신호처럼 이전 역을 향해 펄럭이고 나는 어린 마음과 늙은 마음을 달래 보지만 낟알처럼 흩어졌다

가려는 것도 오려는 것도 아닌 혼자의 마중은 잠시 멈춤

무궁화호는 익산을 떠나 코레일이라 쓰인 깃발이 펄럭이는 것을 보며 오고 있을 것이다

가을빛이 선로에 부딪혀 아지랑이처럼 피어올랐다 흡사 고요의 심장을 헌정하는 신의 가늘고 긴 손가락

처럼

기차는 아장아장 올 것이다 간이역마다 덜컹거리는
심장을 내려놓거나 무료한 역사驛舍를 툭툭 건드리며

청소는 내 첫울음의 처소, 쓸어내도 유적이 되어 작은
새들이 먼저 푸르게 지저귀기 시작하였다

기차가 가을빛을 뒤적이며 들어오고 있다 이 시는 곧
기차를 탈 것이다 들고 내릴 것이 없을 때까지

어떤 마음이 푹 썩어 청소靑所에 들 때까지

변명

나를 지그시 밟은 말이 깍지 낀 손에서 빠져나간다

흘린 마음이 손으로 입술을 가렸으나 사실이 삐뚤어지고 한발 앞서간 말이 타올랐다

쉽게 떨어진 사과나 쉽게 뱉어진 예언엔 육신이 없다

어지러운 말의 뒤편에서 쓸쓸함을 차리게 되고 말 앞의 상처가 뜨거워지고 윤곽은 딸려 나와

기억에서 사라졌다는 말과 우리가 쉽게 사라지겠다는 말, 모두 옳다

신앙의 말처럼
말의 신앙처럼

그러나 덧붙인 한마디 말이 불에 탄 육신처럼 검게 그을렸다 이 또한 가난한 사실이고 둥글어지기 위한 자

위다

　깍지 낀 손이 풀릴 때까지 나는 말의 뒤편에서 말에
붙어 있는 선악을 떼어내려 한다

　어떤 말도 소멸하지 않아 가끔은 말 혼자 울부짖기도
한다

안녕

사이는 멀어지고 그 사이 맨얼굴로 여름을 보내고 있었다

방에선 선풍기가 돌아가고 두루마리 화장지로 가끔 콧물을 닦으며 지나간 사람을 지나온 사람처럼 불렀다

뒤돌아보는 사람은 모두 지나온 사람

애써 웃어 주는 사람과 그 웃음 뒤의 막막함에 숨는 일로 잠시 웃어 보였으나

여름은 발에 걸리지 않아 부를 이름이 없고 수제비 같은 맨얼굴은 수시로 뚝뚝 떨어졌다

간밤엔 기억에도 없는 일을 하였다가 기억에서 사라진 건 아닐까 마신 술에 속아 울면서

수용하였다

간신히 입 다문 정든 수용소와 그 너머 안부까지

한밤중에 일어나 물을 마시며 여름을 보았다는 사람
도 있지만 그도 속았다는 걸 모르는 거다

빌려 온 슬픔을 되돌려 보낼 수 있어 한여름은 없었다

그래서 안녕

개 같은

즐거움을 떠난다

천천히 안에서 자라는 인기척의 새끼들은 이미 세상의 거짓말을 다 배우고도 모자라 한 번쯤 참말을 배우려 하는지도 몰라

빛 좋은 개살구처럼
빛을 따라다니며 어디서 살구살구 찾을지 몰라

떠난다
구질구질한 개과천선을, 실컷 뜯어먹은 안녕을, 아직 늙는 중이라는 변명을, 누런 이빨이 긴 차창을, 급정거한 애인의 엉덩이를, 꼬리 밟힌 즐거움을

인간적이라 말하던 인간적인 아가리를

운동화 끈을 매다 잊어버린 매듭의 주둥이로 떠난다
오래 걸린 눈동자의 노동이었다고 눈을 깔고 떠난다

열어 보면 칙칙거리다 만 라이터처럼 버려진 눈이 가득한 캐리어를 끌고 떠난다 잡아먹힌 일화처럼

인간적인 사랑보다 차라리 개 같은 사랑이 낫겠다 싶어 개같이 떠난다

인간적으로 발정 나서 떠나는 것이다

말짱

가을국화가 피어난대 새겨들어야 할 말이 생겨나는
거겠지

익숙한 사람

익숙해서 더는 익숙해질 수 없는 사람

더는 익숙해질 수 없어 내가 나를 데리고 어딘가를 좀
걸었으면 싶은데

그 사람이 웃는다

피는 국화처럼 웃고 있어 나는 웃음을 거두는 수용소
가 된다

수용은 백 번 고함쳐도 단 한 번 수긍이 필요한 거라
했다 그 말에 수긍해 버리고 나니

한 움큼 가을빛이 붕대에 감겨 있다 나도 곧 이방인이
될 수 있겠다

오늘이 생일인데

비가 온다면 일주일 동안 생일이 될 수 있을 텐데

익숙한 사람 앞에 서 있는 것보다 오래 태어나는 일이
더 수월할 텐데

웃으며 썼던 반성은 다들 어디 가서 돌아오지 않는지

말짱

돌아오지 않는지

무리생활

순댓국집 뒷마당에 한 무리의 여자애들이 간밤의 남
자친구를 까발리며 히히덕거린다

쭉쭉 빠는 담뱃불이 빨갛게 달아올라 양은솥의 순대
는 숨을 죽인다

어젯밤엔 죽을 뻔, 글쎄 잠을 재워야지 더워 죽는 줄,
나중엔 배고파 죽는 줄, 아직 술이 덜 깼나 봐

가래를 뱉는다

동조는 무리의 힘, 함께 가래를 뱉고

손선풍기로 어젯밤 죽을 뻔한 아이를 식혀 주는 애는
바람에 휩쓸릴까 눈을 내리깔고

쭉쭉 웃지 못해 쪽쪽 담배를 빨고 있다

떼의 후미는 곁눈질할 겨를이 없고 눈치껏 성실 빼면
남는 게 없어

우두머리가 식당으로 들어가자 한 애는 꽁초와 가래
를 발로 비비고 나처럼 소심해 보이는 애는 동조의 힘만
믿고 따라 들어간다

다른 무리가 올 때까지 양은솥의 순대는 간밤을 떠올
리며 굵어지다 무리 없이 잘려 나가고

너머

TV 속 폭포에서 물이 떨어진다
물이 물을 튕기면서 나를 끌어당기는 기분

저 물을 만날 수 있을까
물과 만나 걸으며 물속 지도를 펼쳐놓고 몸에 붉은 점
을 찍어 갈 수 있을까

넘어오면서 점점이 생기다 한꺼번에 사라진다는 점을
찍으며
물속이 투명해질 때까지 어쩌면 투명해서 나를 알아
볼 수 없을 때까지

내 사주에 水가 들어 있지 않다고 하였다

木이 많아 나무를 끌어안거나 나무에 올라가 사람나
무처럼 바람을 탁발하거나
土가 많아 흙집을 짓고 들어가 한밤중에 눈을 떠서
폐허의 어둠을 탁발하거나

그건 다시 태어날 수 없는 일

점점이 붉은 점 너머로 나를 밀어내는 일

그래서

신체가 흘러간다는 기분

水없이 흘러간다는 기분

넘어오면서 태초의 물에 간신히 닿는다는 기분

너머엔 안간힘을 빼고 바라봐야 보이는 물론勿論이 무
리 지어 있어

사랑의 에너지로 노래해 가는 존재 갱신의 시학

유성호(문학평론가)

1. 스스로의 삶과 현실을 꿰뚫어 보는 시인의 눈

이돈형 시인의 두 번째 시집『뒤돌아보는 사람은 모두 지나온 사람』은 지나온 날들에 대한 스스로의 자긍과 위안, 그리고 새로운 도약의 의지를 담은 정서적 실감의 기록이다. 때로 진중하고 때로 경쾌한 기억의 서사는 시인 자신의 현재적 삶을 구성하는 중요한 인자因子이지만, 시인이 드러내는 것은 세계에 다양하게 산포되어 있는 황폐한 속성에 대한 안간힘의 증언 속에 있기도 하다. 그러한 세계에 대해 시인이 보여 주는 이채로운 욕망은 우리로 하여금 이성과 감성, 폐허와 신생, 욕망과 탈脫욕망 사이의 아슬한 균형을 경험하게끔 해 준다. 그만큼 이번 시집은 덧없이 스러져 온 지난 시간에 잠겨 있는 사물과 현상에 대한 촘촘한 기억과 함께 새로운 상승 욕망의 개진을 더함으로써 첫 시집이 가진 격정적인 페이소스를 넉넉하게 넘어서고 있는 것이다.

그동안의 이돈형 시는 전언傳言 자체보다는 그것을 전

달하는 언어 운용 방식에서 색다른 면모를 생성해 왔다. 이번 시집에서 시인은 소멸해 가는 시간에서 삶의 불가 피한 본질적 형식을 탐색하고 그 과정을 통해 삶의 보편 적 경험을 수습하고 형상화하려는 진경을 선보임으로써 확연한 자기 진화를 이루어낸다. 그의 이러한 노력은 자 신만의 서정의 원리를 심화하고 확산하는 데 크게 기여 하고 있는데, 특별히 시인은 우리 삶의 곳곳에 편재하고 있는 혹독한 삶의 통증과 맞서는 모습을 담음으로써 시 인의 눈이 얼마나 깊이 있게 스스로의 삶과 현실을 꿰뚫 어 볼 수 있는가를 증명해 보인다. 이제 천천히 그 세계 안으로 들어가 보자.

2. 견인堅忍의 흔적으로 충일한 사랑의 존재론

이돈형의 시적 여정은 세계를 좀 더 넓고 치열하게 받 아들이려는 욕망과 나란히 진행해 간다. 그런데 그 욕망 은 시의 표면으로 나타나지 않고 언어 뒤편으로 깊숙이 숨겨진 채 환기되고 있다. 왜 그럴까? 그것은 시인의 자기 개진 욕망이 스스로의 삶에 대한 결핍 의식과 균형을 이 루고 있기 때문이다. 말하자면 자신이 종요롭게 여기는 삶의 가치를 시 안에 끌어들이면서도 그것에 충실하게 다가서지 못한 자신의 삶을 반성적으로 결합시키는 시인의 균형 의지 때문이다. 그래서 이돈형은 격정적인 자기 확인 욕망을 숨기지 않으면서도 그 대신 욕망과 결핍의 대칭적 구성을 통해 삶을 드러내는 데 초점을 맞추어 간다. 그 대칭의 데칼코마니에는 '너/당신'이라는 이인칭을 끌어와 그 관계론을 통해 펼쳐 가는 자기 개진 과정이 담기게 되는 것이다. 다음 시편은 그러한 과정이 잘 나타난 사례일 것이다.

네 영혼과 하룻밤 잤다

불빛을 죽이고 나서야 우리가 양 떼처럼 하얗게 몰려다니며 저지른 실패한 혁명들이 보였다

그러니까 쿵쿵거리는 심장 소리가 검게 그을린 노래가 눈을 뜨지 않고도 사방을 돌아다니며 피를 뿌리는 것이다

네가 사랑한 날엔 내가 없었고 내가 사랑한 날엔 네가 없었으니 실패는 끝나지 않은 것이다 그런 밤에

내 영혼은 한겨울 폭설 위를 뒹굴다 빗나간 생

애처럼 손바닥을 비비다 눈앞에서 사라진 소도
시의 거룩한 밤에 갇혀 있고

　　뜨거운 피가 식은 피에 가닿는 것이 추억인 것
처럼 나는 네 영혼을 핥으며 뜨거운 몸을 식힌다

　　이불을 끌어 덮으며 네 영혼이 달아오르길, 오
늘이 가고 내일이 가도 실패한 혁명이 끝나지 않
길, 이 컴컴한 방의 문턱에 걸려 넘어지길

　　나는 네 영혼과 하룻밤 잤다

— 「문턱」 전문

　　하룻밤 함께한 "네 영혼"이 처음과 나중을 장식하면
서 하룻밤 동안 화자가 느꼈을 법한 '문턱'의 상징적 함의
가 암시되고 있는 작품이다. 그동안 저질러 왔던 "실패한
혁명"이 불빛 꺼진 후에야 보이게 되는데, 말하자면 '너'
와 '나'는 서로를 열망했을 때는 정작 서로에게 존재하지
않았던 실패를 이어 간 것이다. 물론 "내 영혼"은 "네 영
혼"을 핥으면서 여전히 소도시의 거룩한 밤에 갇힌 채 추
억처럼 뜨거운 몸과 피를 식히고 있다. "네 영혼이 달아

오르길" 바랐지만 아마도 '나'는 그 실패한 혁명이 영원히 끝나지 않길 소망하기도 했을 것이다. 그러니 시인으로서는 "컴컴한 방의 문턱에 걸려 넘어지길" 바라면서 이 갇혀 있는 공간으로부터의 영원한 탈출 실패를 예감해 보는 것이다. "네 영혼과 하룻밤" 자는 일이 반복되면서 반어적인 사랑의 항구성을 노래하는 이 작품은, 그 점에서 이돈형 시학의 원형이자 궁극이 담긴 경우라고 해야 할 것이다. 그 하룻밤 자는 일에는 "산 내가 죽은 내가 되고 죽은 내가 산 내가 되는 일"(「기일」)의 기억이 착색되어 있고, "어제를 견딘 방향으로 흐른"(「빈 것을 비우겠다고」) 시간이 그 흐름대로 남아 있을 것이다. 다음은 어떠한가.

우리는 물개박수가 지나간 손바닥에 보라색 매발톱꽃의 저녁을 그리고 있었다

어디선가 덤불 타는 냄새가 말 못 할 반성을 태우는 것처럼 길고 오래가서 허기가 돌았다

달래려는 맘과 달래지는 맘은 흐르는 물에 씻어도 한 뼘의 걸음이 남아 있었다

새들이 부는 휘파람이 수돗가로 모이고 털털
거리며 굴러가는 버스의 꽁무니에선 새끼 어둠
이 태어났다

왜 밖에만 나오면 멀리 바라보게 되지, 당신의
말이 더 멀리 가고 있어 출발지에는 지나온 날이
쌓여 갔다

소금기 절은 브라를 벗어 찬물에 담그자 브라
는 풍만하고 물컹했고 이따금씩 물 밖으로 삐져
나와 검은 물감처럼 풀어졌다

바다에 동전을 던지고 왔으니 잠시 손을 놓아
도 속은 훤히 비칠 것이다 당신을 들여다보며 잊
을 만한 기분을 나눠 주고 싶었다

평상은 나신처럼 햇빛과 그늘이 번갈아 구부
러져도 우리에게 부족한 말이 쏟아져도 소란을
떠난 무늬만 들여다보았다

소낙비를 맞아볼걸, 걸어둔 여름은 또 올 것
이다 하룻밤이 오랜 안부를 물어야 할 시간처럼

왔다

 저녁을 짓기 위해 당신의 배낭을 열고 빗소리
를 찾았다

 ──「마지막 날에 민박을 하였다」 전문

 이번에는 '민박'이다. '당신'과 '나'는 손바닥에 저녁을
그리며 "덤불 타는 냄새" 속에서 길고 오랜 허기를 느낀
다. "말 못 할 반성"의 맥락이 끼어들 때 '당신'과 '나'는, 마
치 영혼의 하룻밤을 보내듯이, "달래려는 맘과 달래지는
맘"을 때로 한 몸으로 때로 한 뼘 걸음의 간극을 둔 채 가
지게 된다. "수돗가"와 "평상"과 "배낭"이라는 민박의 소
도구들이 "새들이 부는 휘파람"과 함께 새끼 어둠으로
번져 간다. '당신'의 말은 언제나처럼 멀리 가고 있고, 지
나온 날을 두고 온 출발지에 대한 기억은 잠시 손을 놓아
도 훤히 비칠 '당신'을 들여다보는 시간을 가능하게 해 준
다. 어쩌면 "우리에게 부족한 말"은 "하룻밤이 오랜 안부
를 물어야 할 시간처럼" 오는 순간에 멀리서 이곳까지 다
가와 있을지도 모른다. 이때 시인은 '당신'과 '나'의 민박
이 '마지막 날'에 이루어졌다고 했지만, 앞에서 본 '하룻
밤'처럼, 그것은 끝없이 반복될 사랑의 존재 방식 자체이

기도 할 것이다. '너/당신'이라는 이인칭은 그렇게 "쓸쓸함의 빗장을 열어야 할"(「관」) 순간을 '나'와 함께하면서 "사랑을 알수록 폐허의 따뜻함을 숭배하게"(「내가 나를 말아먹으면」) 되는 리듬을 알아가게끔 해 주는 존재로 현상한다. 따뜻한 폐허와도 같은 사랑의 미학이 이돈형 특유의 애잔한 서정으로 흐르고 있다 할 것이다.

이처럼 이돈형 시인은 자신의 몸을 투과한 경험적 직접성에 의해 발화의 계기를 얻으면서, 자신의 언어가 이인칭을 경유한 사랑의 언어임을 하염없이 암시해 준다. 자신의 몸을 통과하지 않은 어떤 말도 사랑의 바깥으로 나갈 수 없으며 그 점에서 체험의 언어이든 진정성의 언어이든 자신의 언어는 타자를 향한 절실함에서 생겨난 것임을 증언한다. 오랜 시간 억눌려 왔던 자신을 몸 안쪽으로부터 해체하여 사랑의 태도를 새롭게 하는 것이 말하자면 그에게서 '시'가 감당하는 역할이다. 하지만 더욱 중요한 것은 말의 직접성보다는 그 안에 담긴 시간의 선명함일 것인데, 그에게 사랑의 시간이란 밖으로의 폭발과 안으로의 견딤이라는 이중 속성을 담아내는 그릇이자, 감상感傷이 아니라 견인堅忍의 흔적으로 충일한 존재론적 원천이기 때문이다. 절제되고 넉넉한 사랑의 시학이 아름답게 번져 가는 득의의 노작勞作들이 아닐 수 없겠다.

3. 직립과 번짐의 다성성多聲性

또한 이돈형의 시는 살아온 시간을 내면화하면서 동시에 타자의 삶이나 상황에 대한 지극한 관심을 가지고 있기도 하다. 타자를 기억하고 관찰함으로써 한편으로는 인간으로서의 실존적 규정을 수행해 가고 한편으로는 지난 시절에 대한 성장사를 촘촘히 기록해 가는 것이다. 그의 시를 구성하는 것은 자신의 경험 안에 도사린 시간의 육체를 응시하는 일이며, 나아가 그것을 비극성의 힘으로 견디는 일이기 때문이다. 이돈형은 직정적 감정 토로를 한없이 절제하면서 사물과 현상의 접점에 시적 상황을 장착해 간다. 삶의 순간마다 경험한 것을 사실적으로 드러내는 것보다는, 그 고통의 연원을 선연하게 기록해 가면서 그것을 향한 긴장과 응시를 택하는 것이 '시적인 것'에 더 가깝다는 생각을 밀어 간다. 그의 시가 이처럼 체험적 직접성을 밑천으로 삼는 것은 그로 하여금 더 깊은 인간 실존에 관심을 가지게끔 해 주는 것이다.

붓다가 웃는다

마지못해 동자승이 따라 웃는다

집 마당에 있던 강아지처럼, 신랑각시 할래? 하던

영희처럼, 골짜기에 흐르던 물처럼, 주지 스님의
빛바랜 승복처럼 웃는다

품이 커 흘러내린 승복이, 빡빡 민 대갈통에
김 조각처럼 붙어 있는 검은 점이 부끄러워 동자
승은 웃는데

붓다는 찰나에 싯다르타를 본 듯 뒤통수가 가
려워 웃는다

—「동자승」전문

'동자승'의 정갈하고 단아하고 평화스러운 모습은 이
돈형의 시에서는 오히려 예외적인 삽화일 것이다. 붓다가
웃자 따라 웃는 동자승의 미소는, 그 자체로 "집 마당에
있던 강아지"나 "신랑각시 할래? 하던 영희"나 "골짜기에
흐르던 물"이나 "주지 스님의 빛바랜 승복"처럼 천진하고
순수하고 자연스럽고 향기 가득한 웃음이다. 만들어지
지 않고 그냥 그대로 흘러나온 웃음일 것이다. 승복이 커
서 결국 흘러내리고, 머리 위에 환하게 돋아난 작은 점을
부끄러워하면서 동자승이 웃자, 시인은 그 웃음에서 붓
다가 "찰나에 싯다르타를 본 듯"한 장면을 연상한다. 이

끝없는 웃음의 연쇄적 파생은 세상의 어둠을 넘어 가장 밝고 가녀린 빛으로 세상을 견뎌 가는 시인의 내면이 일종의 역상逆像으로 출현한 것일 터이다. "나무에 물을 주고 잎사귀의 물방울을 세는 일처럼"(「드링크」) 투명하고 "갓 태어난 아인雅人"(「작명」)처럼 깨끗하게 다가오는 미소가 마치 염화시중拈華示衆의 그것을 환기하는 순간이 아닐 수 없다.

이처럼 동자승의 순수한 미소 같은 외관에서 이돈형은 인간 실존의 다양성을 바라본다. 경험적 관찰의 다양한 개입을 통해 현실의 리얼리티를 새롭게 구성하는 노력을 지속적으로 수행하는 것이다. 그래서 그의 시는 최대한의 불투명성으로 사물을 담아 가는 소외의 기록이고, 그 소외를 따듯하게 품는 결실로 이어져 간다. 이러한 소외와 승인의 표현으로서 그의 시는 실존적 조건으로 자신에게 주어지는 것이다. 때로 직핍直逼해 오기도 하고 때로 번져 오기도 하는 이돈형 시의 다성성多聲性을 경험하게 되는 순간이다.

4. 견딤과 승화의 내적 계기를 암시하는 상상력

그런가 하면 이돈형은 서정시가 주류로 존재하는 우리 시대에 '시 쓰기' 자체에 대한 메타적 질문을 던지는 시인이다. 그는 우리 시대의 구조적 본질을 원론적으로 극복하려는 것보다는 그것을 건조하고 환상적으로 표상함으로써 견딤과 승화의 내적 계기를 암시하는 상상력에 더 큰 무게중심을 할애한다. 그럼으로써 일상적 삶의 미세한 결에 대한 현미경적 시각을 견지하면서 경험적 특수성을 그 안에서 바라보게 된다. 이 점에서 이돈형은 역사를 탈脫주술화하면서 인간 욕망의 어두운 폐부까지 바라보려 하는, 좀 더 복합적이고 물리적인 시적 현실을 구축해 간다. 욕망과 실존의 상상적 결합을 투시해 가는 그의 시는 우리에게 서늘한 인지적 충격을 선사하는 세계인 셈이다.

강기슭은 누가 버리고 간 회의처럼 얼음에 닿아 있다

언 강은 폐쇄된 활주로, 수면을 문질러 술렁거리게 하였다

할 수 없는 일은 스스로에게 우호적이다

언 강에 갇힌 물오리는 할 수 없는 일, 그 일에서 벗어나려 한다

아마 환기되지 않는 절망이 죽은 회의가 물오
리의 목일 것이다

길들여지고 품는 일에 몰두하다 보면 횡단하
려는 세계를 늦게 깨우칠 때가 있다

내일 봐요, 이처럼 쉬운 이별을 물오리는 1인
시위하듯 술렁임 밖으로 밀어낸다

걱정하는 사람들이 눈발처럼 날리고 남겨진
풍경이 빠르게 얼어 갔다

조심히 다녀와, 이 흔한 말은 언제나 물 건너간
기슭에서 반질거린다

길들여지기 좋은 날이다

—「한파」 전문

강기슭을 장악한 '한파'는 강으로 하여금 "폐쇄된 활
주로"가 되게끔 해준다. 그렇게 결빙을 불러온 차가운[寒]

물결[波] 때문에 물오리는 아무것도 할 수 있는 것이 없다. 절망과 회의만이 물오리의 목을 감싼 채 "길들여지고 품는 일"에 몰두하게끔 해준다. 비록 세계를 늦게 깨우칠 때가 있지만, 그럼에도 "남겨진 풍경이 빠르게 얼어" 갈 때 "길들여지기 좋은 날"을 발견하는 시인의 눈은 여전히 회의와 절망을 넘어 쓸쓸한 희망에 가닿고 있다. "세상의 모든 속삭임이 사라질 때까지"(「의견」) 그러한 "흔한 말"과 "길들여지고 품는 일"은 지속될 것이기 때문이다. 그 모든 것이 우리의 "생활에서 나오는 소리"(「독감」)일 것이기 때문이다. 그때 우리는 우연처럼 운명처럼 "고통을 삼키다 스스로를 품에 안고 토닥이는 사람"(「첨탑」)을 만나게 될지도 모를 일이다. 그 맑고 깨끗한 '언 강'의 한파에 우리도 잠시 지친 몸을 담근다. 참으로 "길들여지기 좋은 날"이다.

> 청소青所에 머문다는 것은 내가 보려는 미지의 처마 끝에 머무는 거다

> 나는 누군가 꽂아놓은 깃발처럼 이를 악물었지만 끝을 향해 나아가는 투사의 깃발은 될 수 없었다

무재해라 쓰인 깃발이 수신호처럼 이전 역을
향해 펄럭이고 나는 어린 마음과 늙은 마음을
달래 보지만 낱알처럼 흩어졌다

가려는 것도 오려는 것도 아닌 혼자의 마중은
잠시 멈춤

무궁화호는 익산을 떠나 코레일이라 쓰인 깃
발이 펄럭이는 것을 보며 오고 있을 것이다

가을빛이 선로에 부딪혀 아지랑이처럼 피어
올랐다 흡사 고요의 심장을 헌정하는 신의 가늘
고 긴 손가락처럼

기차는 아장아장 올 것이다 간이역마다 덜컹
거리는 심장을 내려놓거나 무료한 역사驛舍를
툭툭 건드리며

청소는 내 첫울음의 처소, 쓸어내도 유적이
되어 작은 새들이 먼저 푸르게 지저귀기 시작하
였다

기차가 가을빛을 뒤적이며 들어오고 있다 이
시는 곧 기차를 탈 것이다 들고 내릴 것이 없을 때
까지

어떤 마음이 푹 썩어 청소靑所에 들 때까지

—「청소역」 전문

'청소역' 역사驛舍는 장항선에 남아 있는 가장 오래된
것이다. 원형이 잘 보존되어 있어서 역사적 가치가 큰 것
으로 평가되고 있다고 한다. 폐역을 앞둔 문화재이기도
한데, 이름이 아름답게도 '푸른 곳[靑所]'이다. 이 푸른 처
소에 머물러 시인은 "내가 보려는 미지의 처마 끝에 머
무는" 시간을 가져 본다. 스스로는 이를 악물었지만 투
사의 깃발은 될 수 없었던 지난 시간이 "무재해라 쓰인
깃발"처럼 "어린 마음과 늙은 마음"을 가질 수밖에 없었
음을 알게 해 준다. 청소역을 오가는 마지막 무궁화호를
바라보면서 시인은 "가려는 것도 오려는 것도 아닌 혼자
의 마중"을 경험하게 되고 "고요의 심장을 헌정하는 신
의 가늘고 긴 손가락"처럼 간이역의 사라져 가는 뒷모습
을 바라보게도 된다. 그렇게 "청소는 내 첫울음의 처소"
였으므로, 이제 그곳은 심장 속의 커다란 유적이 되어 새

들이 푸르게 지저귀는 공간이 되어 갈 것이다. 시인의 '시'
는 기차를 타고 "들고 내릴 것이 없을 때까지" 천천히 그
사라져 가는 순간을 또한 바라볼 것이다. "흩날려서 아
름다운 꽃잎"(「봄봄봄 하다가」) 같은 시간과 "휴지休止"
(「가려운데」)의 순간을 "어딘가를 오래 걸려 되돌아온
말"(「멍」)처럼 증언해 갈 것이다.

　이처럼 '한파'와 '청소'는 모든 존재자가 소멸 직전에 가
장 순수한 외관과 속성을 드러낸다는 점을 잘 보여 준다.
그 점에서 사물의 영원성이란 상상적 관념이고 시간성
의 흐름 자체를 절대적으로 부정하는 개념일 뿐이다. 그
렇게 모든 사물은 사라짐으로써만 자신의 운명이 부여
받은 시간성을 충실히 살아낼 수 있는 셈이다. 이돈형의
시에서 사물은 이러한 시간성의 운명에 대한 응시의 과
정에 의해 채택되고 배열된다. 그것은 한결같이 어둠이
나 폐허 혹은 꿈속에 웅크리고 있지만, 이돈형 시인은 이
러한 속성을 자신의 기억에 개입시키면서 스스로의 존
재 방식을 재구성해 간 것이다. 그의 시 쓰기 또한 사라져
가는 역사驛舍의 아우라처럼, 한 시대를 힘껏 껴안고 있
다. 물론 그 안에는 견딤과 승화의 내적 계기를 암시하는
상상력이 깊고 맑게 너울지고 있을 것이다.

5. 존재 갱신과 배려의 삶

이돈형 시인은 '너/당신'에 대한 사랑과 타자의 삶에 대한 관심으로 인간 실존의 양상들을 조감하고 투시하는 동시에, 맑고 깨끗하게 남아 있거나 사라져 가는 원형적인 것들에 지극한 헌사의 마음을 바친다. 그러나 이 모든 과정은 일인칭으로의 귀환 과정을 필연적으로 불러오게 된다. 여기에는 기다림이라는 행위가 따라다니는데, 그것은 운명의 수동적 수용이 아니라 그것을 적극적으로 부정하는 하나의 영속적 운동으로 현상한다. 기다림이란 대상의 현현을 통해 보상되는 것이 아니라 그것을 수행하는 삶 안에 이미 하나의 소우주로서 존재하는 것이기 때문이다. 그래서 이돈형 시인이 수행하는 기다림은 현실 가능성 여부와 무관하게 아름답고 집요한 상상적 행위가 된다. 여기서 이 기다림이 '시적인 것'이 될 수 있는 까닭은, 그것이 현재적 결핍을 강력하게 환기하면서도 그것을 내면의 풍부함으로 넘어설 수 있게 해 주기 때문이다. 이것이 바로 '시적인 것'이 부여하는 불가피한 위안과 공감의 힘일 것이다.

　　한 이불 덮고 한솥밥 먹고 같은 치약을 써도 한
　사람이 될 순 없지만 속을 비친 당신의 눈 속에 기
　분을 들였다

낡은 피아노를 조율하듯 끊임없이 익숙함을 빼내며 기거하는 동안 생필품은 닳아 가고

아름다운 이야기는 누군가 질러놓은 불이 타인의 기분으로 활활거리듯 지를 때마다 나는 부스럭거리게 되고

이불을 털다 우리가 기분파거나 구원파라는 걸 알았다

들인 기분이 내가 아닌 것처럼 뭔가를 잘못해 벌 서는 것처럼 말썽을 일으키고

한 이틀 당신의 귀밑에 있다가 살비듬 같은 막막을 담으려 때로는 얼음주머니를 꺼내 왔다

자주 종일이 붓고 애쓰는 일이 감기로 옮아 내가 콱 쏟아지는 일이 생겨도 기분은 여전히 당신의 기분

미래를 말하면 미래는 더 먼 미래로 가버리는 것처럼

기분은 언제나 온전함이 없는 한때 같아 무엇
을 생각하지 않을 때 올바른 기분이 들었다

— 「올바른」 전문

이 작품은 물론 "한 이불 덮고 한솥밥 먹고 같은 치약
을 써도 한사람이 될 순" 없다는 것을 깨달은 '당신'과의
이야기이지만, 당신 눈 속으로 자신의 기분을 투사投射
하여 "낡은 피아노를 조율하듯 끊임없이 익숙함을 빼내
며" 얻게 된 '올바름'에 대한 사유의 기록이기도 하다. "아
름다운 이야기"와 "살비듬 같은 막막"과 "종일 붓고 애쓰
는 일"이 반복되면서 '나'는 쏟아지는 일이 생겨도 여전
히 당신의 기분을 생각할 뿐이다. 이러한 과정을 쌓아 가
면서 '나'의 기분은 오히려 무엇을 생각하지 않을 때 "올
바른 기분"으로 돌아오곤 했다. 이러한 마음과 기분을 통
해 '시인 이돈형'은 어디서든 "투명해서 나를 알아볼 수
없을 때"(「너머」)까지 "여전히 나의 천적은 나"(「끈질긴
일」)임을 승인하면서 "음성 하나로 그를 남겨놓은 사람"
(「음성」)과 "익숙해서 더는 익숙해질 수 없는 사람"(「말
짱」)을 기다려 갈 것이다. "벤치에 앉아 있어 기다림이"
(「believe」) 되어버린 사람처럼, 올바른 마음으로부터 벗

어날 수 없는 삶을 기다릴 것이다.

　　주말에 쉬는 나를 너는 수목원으로 오라 했다
생각이 많을 땐 수목원을 찾는 것도 괜찮다고 하
였지만

　　가는 동안 오래 한 생각과 오래된 생각의 틈을
메우는 데 바빴다

　　왜 불렀어?

　　머리 좀 식히라고

　　수목원엔 생각이 많은 어른보다 생각이 많은
아이들이 더 많았다 아이들은 차에서 내리자마
자 뛰어다녔다

　　부모가 넘어지거나 다칠 수 있다며 아이들을
불렀지만 어느 아이도 뒤돌아보지 않았다

　　단순하게 뛰어다녔다

무슨 소릴 해도 들리지 않는 게 생각이라 아이
들은 제각각 뛰어다녔다

　　좋은 게 좋은 거라며 나도 뛰어야 했다 7월의
수목원에서 네가 불러도 되돌아보지 않게 방방

　　나의 지상에서 껑충껑충

　　　　　　　—「인정할 게 많은 나는」 전문

　　이 작품은 시인의 인생론적 감각을 잘 보여 준다. 수
목원으로 오라는 '너'의 말을 듣고 가는 동안 시인은 "오
래 한 생각과 오래된 생각의 틈"을 메우는 데 바빴다. 수
목원에는 단순하게 뛰어다니는 아이들이 더 많았는데,
어쩌면 아이들처럼 무슨 소리를 해도 들리지 않는 천진
한 일방통행이 '생각'의 요체인지도 모른다. 그렇게 7월의
수목원에서 '나'는 "네가 불러도 되돌아보지 않게 방방"
지낸 시간을 톺아 올린다. 스스로 인정할 게 많은 존재로
서 "나의 지상에서 껑충껑충" 살아온 시간을 깨닫는 것
이다. 이 '껑충껑충'이라는 말에는 유동과 도약의 속성이
다 담겨 있지만, 시인은 "사라지면 태어나는 말"(「새는 길
처럼 나는 새처럼」)을 가지고 살아온 시인으로서의 삶

이 "예감이 사라진 짐칸의 노끈처럼"(「파장」) 눅눅한 시간을 채집하고 "일상의 공공연한 비밀"(「둘러메면 응시가 되는」)을 들추어내며 "데려가야 할 미안처럼"(「지하실에 내려온 것은 비 때문이다」) 지내 온 시간임을 은유한 것일 터이다. 이때 "방으로 침입하던 빛처럼"(「그런 마음입니다」) 존재 갱신과 배려의 삶이 쓸쓸한 희망의 순간으로 찾아오는 것이다.

서정시가 가지는 본래적 권역은, 말할 것도 없이, 시인 자신의 절실하고도 남다른 자기 확인의 욕망에 있다. 그것이 나르시시즘 차원의 몰입이든 고통스런 반성을 동반하는 성찰이든, 서정시의 초점이 시인 스스로의 검색과 확인에 있음은 잘 알려진 사실이다. 물론 주체와 대상 사이의 균열을 포착하는 '아이러니' 혹은 '반反동일성'의 미학까지 포괄하는 것이 서정의 포괄적 원리이기는 하지만, 그럼에도 서정시의 근원적 회귀성은 그 비중이 줄어들지 않는다. 이돈형은 직접적 자기 표현보다는 사물을 통해 자신의 마음을 발견하고, 다시 그 힘으로 사물을 바라보는 과정을 통해 시를 써 가는 시인이다. 그래서 그의 시는 사물과 마음 사이에서 발원하면서, 그 사잇길에서 써낸 언어적 결실인 셈이다. 그 안에는 삶의 아이러니와 반동일성, 그리고 스스로의 삶을 귀환하는 회귀성이 놀라운 균형 감각으로 살아 있다.

최근 우리는 디지털 시대의 광범위한 대두와 그 무반 성적 확산을 놀라운 속도감으로 경험하고 있다. 그동안 인류 역사를 발생시키고 축적해 왔던 아날로그 식의 행위나 생각, 감성 모두를 낡은 것으로 만들면서 달려가는 저 가파른 속도는 시간 자체가 육체를 가진 물질이 아닌가 하는 생각이 들 정도이다. 이제 우리는 이러한 속도 과잉 현상에 맞서면서 새로운 '시적인 것'의 해석과 형상을 만들어 가야 할 것이다. 이돈형 시인은 자신이 살아온 시간을 응축하고 그것을 사물과 유비시키는 데 공력을 바치면서, 내면의 힘에 의해 '시적인 것'의 함의를 줄곧 심화시켜 간다. 우리가 읽은 작품들에서 감지되는 것은 그가 써 가는 시의 운동이 사물과 내면의 접점에서 발원하여 사랑의 에너지로 진화해 가는 존재 갱신의 시학을 지향한다는 점이다. 이 또한 내면 토로나 외관 묘사라는 양 편향을 극복하고 사물과 주체의 욕망이 맞부딪치는 역동적 현장이 바로 '시적인 것'의 원천이라는 자각을 그가 가지고 있다는 점을 시사하는 것일 터이다. 이 점이 바로 첫 시집으로부터 한 걸음 더 나아간 지점이자, 앞으로 그의 시가 더 웅숭깊은 세계로 나아갈 수 있는 디딤돌이 될 것이다. 따라서 필자는 이러한 성과를 거둔 이번 시집에 남다른 축하와 기대를 얹고자 한다.

뒤돌아보는 사람은 모두 지나온 사람

2020년 8월 18일 1판 1쇄 펴냄

지은이　　　이돈형
펴낸이　　　김성규
책임편집　　김은경 미순 조혜주
디자인　　　김동선
펴낸곳　　　걷는사람
주소　　　　서울 마포구 월드컵로16길 51 서교자이빌 304호
전화　　　　02 323 2602
팩스　　　　02 323 2603
등록　　　　2016년 11월 18일 제25100-2016-000083호

ISBN　979-11-89128-83-8 04810
ISBN　979-11-89128-01-2 (세트)

* 이 책은 2018년 아르코창작기금의 수혜를 받아 발간되었습니다.
* 이 책 내용의 전부 또는 일부를 재사용하려면 반드시 지은이와 출판사의 동의를 얻어야 합니다.
* 잘못된 책은 교환해 드립니다.
* 이 책의 국립중앙도서관 출판시도서목록(CIP)은 서지정보유통지원시스템 홈페이지(http://www.seoji.nl.go.kr)와 국가자료공동목록시스템(http://www.nl.go.kr/kolisnet)에서 이용할 수 있습니다. (CIP제어번호:2020031993)